U0067918

是英雄？
還是流氓？

老溫、六色羽、藍色水銀 合著

天空數位圖書出版

目　錄

是英雄？還是流氓？（上）

文：老溫

　　這是個豔陽高照的日子，萬里無雲，能見度非常好，微風輕拂在臉上，甚為舒適怡人，我獨自一人來到桂林，一個風光如畫的美麗城市，中國山水最美的地方，有個桂林山水甲天下的美名。

　　在爬了不知多少的階梯之後，我登上疊彩山，在山峰上俯瞰桂林市，低頭望著漓江水慢慢流去，幾艘小船航行其上，此地的勝景伏波山、獨秀峰等盡入眼簾。但當我想到一片錦繡河山變了今天的模樣，再美的景色也無心觀賞，不禁嘆了一聲。突然，有一把低沉而有氣勢的聲音在我背後響起：「年輕人，你為什麼嘆氣呢？」

　　我轉身一看，看見一位約七十多歲的老翁，白髮蒼蒼、滿面皺紋，手拿著拐杖，站得不太穩，但他的一雙眼睛卻充滿英氣，閃爍出無限靈光，我向他說：「伯伯，沒有什麼，只是有點感慨而已。」

　　伯伯笑道：「哈哈！我活了這麼久，你瞞不過我的，我認為你是在想國家的事，對嗎？」

　　我低下頭，微笑道：「伯伯，你真厲害，我是在想...」我想起在大陸不能隨便說話，便沒有再說下去。

伯伯接著道：「年輕人，你不敢說某黨派的所為，是嗎？其實，你不用怕，我也十分憎惡他們的作為，因為它禁止信奉宗教，若我再有精神及年輕時的勇猛，我一定再組織，消滅他們，重建…」

他沒有說下去，我想不到他希望重建什麼？是否事業王國？還是什麼？我開始對他發生興趣，便扶他到一塊大石上坐下，問道：「伯伯，你貴姓？」

「我姓石，廣西人，年輕人，你叫什麼名字？」

我答道：「我姓馮，名逸清，是廣東人。」

「清、清……秀，廣東，嘿嘿…」石伯伯不斷地笑，但並非開心的笑，而是苦笑，悲哀的笑。

我看見此情況，便問道：「石伯伯，你年輕時是做什麼的？」

他停止了笑聲，正色道：「你真的很想知道我的過去？」

「是啊！」

「好了，我就說給你聽吧！」

我最喜歡聽老人說往事，因為可以令我了解數十年前的中國是怎樣？以及得到很多書本上沒有的珍貴資料。

「從前，我是一名家境還算富有的讀書人，有一天，有兩個人來找我，我並不認識他們，但我們談得十分投契，之後，我們便成了好朋友，他們的名字，一位名全，而另一位名山。」

「後來，他們想要我幫助他們幹一番大事，初時，我沒有答應，但當我看出他們的誠意之後，終於答應了。」

其中一人說：「石兄，你能夠為鄉親們排解問題，相信也是憂國憂民之士，有你的加入，我們必定能創一番事業的。」

石說：「若能幫助百姓，在下一定竭盡所能。」

「我與他們及他們的另外三位朋友，結拜成為兄弟，我排行第七，是最年少的一個，全是二哥，他是我們兄弟中最大的，山則是排行第三。」

我打斷伯伯的話，問：「為什麼二哥是最大，那麼大哥呢？」

「大哥是在…是在幕後，我從沒有見過他，而我只知道他會在附近留意我們。」石伯伯似乎在隱瞞什麼！

我又問：「你們結拜的目的是什麼？」

　　他斷斷續續，欲言又止般地答，這讓我更加確定，他一定有隱瞞些什麼：「當時…盜賊猖獗，我們口號為：『維護正義。』希望盡誅無惡不作的清…卿幫，我們立誓消滅他們。」

　　這幾個結拜的兄弟，帶領了不少兄弟，開始對卿幫展開攻擊，雖然受到一點點的反抗，但可以說是十分順利。

　　四哥提出他的意見說：「我們應該先找出一個根據地，作為我們的大本營。」於是兄弟們開始討論，很快就有結論。

　　二哥他緊握拳頭，信心滿滿地說：「那就決定先把東區拿下。」

　　石說：「所謂知己知彼，百戰百勝，我建議先把情報蒐集好，我們再攻打，勝算比較高。」

　　二哥說：「就照七弟的意思。」

　　蒐集好情報，人員也集結完成，場面非常壯觀，但此時傳來惡耗。三哥帶領的人馬，在渡河時，所有船隻在河道中被堵住，河道中竟然有許多木樁，順流而下的船隊，追撞了自己人的船，突然間，埋伏在岸邊的卿幫，開始猛烈炮火襲擊，船隊

被擊中後起火燃燒，還沒等到眾兄弟拿下大本營，三哥就被炮火擊中，先行升天，跟他最為要好的石為此十分悲痛。

石說：「他為人正直、聰明、冷靜，想不到他會先我而去...」話才說完，兩行淚已由他的眼中奪眶而出。

爭奪大本營的行動正式開始，雖然控制了東區的三分之一，找到了根據地，五哥帶領的人馬，卻遲遲無法攻克敵營，因為五哥擅長的是開擴地的打法，至於攻堅，並非他的強項，一個多月後，五哥在指揮時同樣被卿幫炮火毅死，七個兄弟已經犧牲兩個，兩個重要的人才，而卿幫不時的偷襲，造成雙方許多衝突與傷亡。

五哥死後，四哥決定將所有人馬攻向東邊，為五哥報仇，卿幫各路人馬趕來支援，高手的如和、江、張、胡、向、左、郭等人讓卿幫實力大增，石率兄弟渡河，開闢河西，並控制糧草，甚至不斷送往對岸，供給自己的人馬使用，當卿幫發現時，石的實力已經大增，卿幫的人馬雖然在石撤離後收復河西，但後悔不已，因為石已經達到目的。

石伯伯道：「我與三哥是最要好的，我們已看出四哥有很大野心，是一個不簡單的人物，我們便設法提防他，可是，三哥並不等到我們爭到大本營，而先行升天，我為此十分悲痛，直到今天，我仍然很想念他…」他沒有說下去，臉上流下淚珠，沉痛的心情寫在臉上。

「我想，石伯伯可能是當年上海的黑幫分子之一，常常殺人，霸佔勢力範圍，但還用『維護正義。』作為口號，有點自欺欺人，但是否真的是上海？還是廣州、天津？那個城市不是重點，重點是黑社會啊！」

石伯伯道：「卿幫在西區的勢力非同小可，有兩個了不得的人物，分別姓曾、江，他們兩人足智多謀，非常厲害，也讓我們非常頭痛，讓我們的兄弟們疲於奔命，並且犧牲了許多人的性命，甚至於讓兄弟之間的感情產生變化。」

石說：「我主張向西攻擊。」

四哥說：「我不同意，卿幫大本營在北邊，我認為應該襲擊這裡。」於是四哥擅自作主，硬是派了兩位兄弟祥及芳帶領一班兄弟向北邊出擊。

祥及芳帶領的大隊人馬，沿著河邊出發向北前進，卿幫得知後，盡毀所有渡船，祥及芳花了一個多月，才讓所有人馬渡河向北，兵疲馬困的他們，受到卿幫的包圍，祥因受傷被俘，隨後被殺死，芳亦被抓，同樣被殺死，但眾人的情報錯誤，只傳回被包圍。

四哥說：「什麼？戰況危急！被包圍了，行了，你先休息，聽候命令吧！」

傳遞消息者說：「是。」接著便離開。

六哥氣沖沖地說：「四哥太過分了，七弟，你願意幫我對付四哥嗎？」

石說：「六哥，萬萬不可，還請你以大局為重。」

「這麼說，你是不幫了！」

「六哥，大家都是兄弟，請別為難我。」

六哥對四哥的不滿，完全顯露，也埋下兩人日後翻臉的種子。

此時，四哥祕密命令兄弟晃、綱等向西攻擊，不過他們陷入麻煩了。

一位兄弟氣喘如牛跑過來說：「四哥，晃跟綱被姓江的圍住了，情況非常危急，依你看，我們該怎麼辦？」

四哥說：「七弟，你都聽到了，你可以解救他們嗎？」

石說：「大局為重，更何況他們都是自己的兄弟，我怎能見死不救！」

四哥說：「這麼說，你答應了！」

石說：「成、玉，你們跟我分三路殺過去，攻擊姓江的。」

於是晃得到援兵，讓卿幫的人馬前後受敵，死傷無數，哀鴻遍野，最終慘敗，江見大勢已去，遂拿起刀往自己脖子上使力，鮮血順著刀流出，卿幫大將江倒地身亡，眾兄弟開始歡呼慶祝勝利。

一位兄弟說：「四哥要我來，請你營救祥及芳，他們偷襲卿幫大本營失敗，陷入危難，已經被敵人所困。」

石說：「恐怕我沒有能力去救他們，我們正面臨另一個強敵，姓曾的非常難纏，他已經帶同他的手下胡、羅等人，準備很多人馬跟武器來攻擊我們。」

「我知道了，我會回覆四哥的。」

當石帶領的兄弟與卿幫的人馬正在火拼時，四哥又派人來：「四哥說有要事商討，請你務必立即回去。」

石說：「好吧！等我一下。」石在無奈之下，找來成並吩咐好一切，石一個人回去，心中卻對四哥非常不滿，此次回去，兩人的關係更糟了。

四哥說：「先放棄對曾的攻擊，全力協助祥攻打卿幫的大本營。」

石說：「我不同意！你怎麼可以叫我在此時放棄兄弟。」

然而四哥並不跟石講道理，想怎樣就怎樣！憤怒的石獨自返家，坐下後用力拍桌，大聲說：「太過分了！」

石伯伯說：「幸好，成他們先敗後勝，嚴重打擊曾，遺憾的是沒有將曾殺死，引致後患無窮。同時，北區的祥所領的兄

弟，節節敗退，兩人皆被俘處死，因此四哥終於屈服了，同意我的說法，讓我再到西區協助晃他們。」

這時，我心想石伯伯似乎太殘忍了，到處殺人，但我仍未猜到那一個城市，便問道：「石伯伯，發生這些事，你們是在那一個城市？」

「哈！哈！城市？待我說完，你自然會知道的……」

石回到西區，但控制權在四哥手裡，以致十分混亂。卿幫的曾又帶領大批人馬全力反攻，兄弟們節節失利，石與謀只好重新部署與計劃。

石說：「半夜偷襲吧！」

謀說：「要怎麼進行？」於是他們討論了許久。

兩人的結論看似周全，但事情並不如預期，石與謀帶領的人馬未能取勝，沒多久，戰場就從陸地轉到江上，幾十艘船上殺聲震天，刀光劍影，此時已接近天亮，雙方都有重大傷亡，不幸掉落江中的傷者或死者，鮮血染紅了江面，而天邊的紅霞似乎在呼應這江面無數的屍體與鮮紅。

　　江上？莫非是上海的黃埔江？我看著石伯伯，心想，這樣的做法到底有何意義？到底是殺人還是救人呢？

　　石與其他弟兄全力反攻，終於大敗卿幫，但未能將姓曾的殺死，於是他們展開追擊，但求救的訊息再度傳來。

　　一位兄弟說：「四哥要我來，請你回救中區。」

　　石說：「中區是我們大本營的屏障，失去了便影響了大本營的安危，如果不回救，大本營岌岌可危，可是姓曾的如果不除掉，日後將成大患。」

　　謀說：「對啊！先殺了姓曾的，然後再回救。」

　　石說：「不行，這樣會讓大本營失守的，這樣吧！我帶一部分兄弟回去，你負責追擊姓曾的。」

　　謀說：「好吧！我一定要把姓曾的給殺了。」

　　於是石的決定，讓卿幫的曾有了喘息的機會。

　　綱說：「四哥可能會把大家的位置異動，你要特別留意。」

　　石說：「我知道了，謝謝你！我相信短期內絕不會發生的，我決心殺了姓曾的之後才會回大本營。」

綱說：「我也這麼認為。」

中區的卿幫人馬，終於全部被消滅，四哥十分高興，於是擺設酒宴，欲請兄弟們大吃一頓，表示慶祝，但石似乎心事重重，一點喜悅的感覺都沒有。

四哥說：「七弟，怎麼不吃呢？難道打勝仗你還不高興？」

石說：「祥在北區受傷被卿幫所俘，已經被處死而犧牲了，只剩下芳等兄弟力拼。我也擔心謀他們不知如何了？」

四哥說：「七弟，你先返回西區，六弟，你到中區看守。」石的擔心是對的，祥被俘且被處死了，芳的下場也一樣。

眾人的努力，終於得到成果，雖然犧牲了許多人的性命，但他們得到了自己想要的，於是開始霸佔自己的房舍，也開始淫亂的生活，每個大哥都不止三妻四妾，二哥甚至天天換女人，身邊的女人據說上百人，此時，他們聲勢可謂如日中天，但也因為淫亂與荒唐，並開始了猜忌、奪權之亂。

二哥說：「四弟想控制一切，想做大哥。」

綱說：「二哥的意思是？」

二哥說：「你、我，跟晃三人合力將他殺了。」

綱說：「好，就這麼辦。」

綱與晃及六哥，在夜間開始部署，凌晨突襲四哥，殺死四哥及他的無數手下，之後更設下陷阱，誘騙四哥的殘餘勢力，將他們完全鏟除，死傷慘重，無數的屍首橫躺在街頭巷尾，空氣中瀰漫著血腥味與屍臭味，非常恐怖。

雖然三人殺了他，但大權卻落在六哥手上，石在此時收到二哥的求救：「六哥大權在握，二哥地位及性命恐怕不保，希望您盡速回去。」

石說：「沒想到，有野心當大哥的不止是四哥，連六哥也是，我們現在就過去吧！」

石與謀等人火速回到東區，希望排解內部的紛爭，但權力會使人腐化，尤其是越大的權力，越能讓人喪心病狂。石與六哥爭論一番之後，發現六哥的傲氣絕不下於四哥，無力與他爭辯，怒氣難消的石，便索性回家。

謀憂心的對石說：「你先暫避一下，因為六哥大權在握，必定會對你不利。」

六哥的手下說：「是啊！石大哥，你快走吧！六哥已經下令要你的屍體。」

石驚訝的看對方回答：「此話當真？」

六哥的手下說：「千真萬確。」

石心情低落的說：「想不到啊！」於是石連夜離開，躲在市郊，但六哥找不到他，便聯合了綱，率領眾人將石的母親及妻子殺了，且家中的大大小小皆難逃一死。

消息傳至石的耳中，他悲傷的流下眼淚，除了想起母親的慈愛、妻子的恩愛，也想起三哥昔日的種種，但此時如果回去殺六哥，卿幫便有機可乘，於是他寫了密函給部下。

石說：「務必交給二哥，絕不能讓六哥知道。」

部下說：「石大哥請放心，我一定會把信交給二哥的。」

收到密函的二哥，得知石的母親與妻子慘死在六弟手中之後，立即找了晃，計劃殺死六弟。

二哥說：「六弟太過分了，竟然濫殺無辜。」

晃說：「他跟綱都該死。」

二哥說：「好，這樣的人留他何用！」

晃說：「今夜動手吧！」

石伯伯面色凝重地說：「當二哥與晃等兄弟殺了六哥及綱之後，便叫我回去收拾殘局。仇人殺了，心中並不是喜悅，而是無限空虛迷惘，不知到底為了什麼？代價是否太大呢？」

「我覺得太可怕了，他們黑幫對外殺人已經很恐怖了，想不到，一起結義的兄弟都會自相殘殺，真想不到。」

石伯伯問我：「你是不是覺得我們太可怕呢？」

我苦笑了一下，道：「有一點點，你們太殘酷了，你們不是說要維護正義嗎？為何這樣殺人無數？」

「有很多事情是你有所不知的，所謂『人在江湖，身不由己。』很多時候，都不是你所能決定的，當然，現在回想過去，當時真的有很多的不對的決定，但是已經發生了，我又能如何呢？」

石回到家中，心中甚感悲傷，回憶起昔日的快樂片段，已經一一消逝，更覺哀痛。幸好有謀在身旁，協助石的一切，讓他的精神狀態逐漸恢復。

　　我看到他的表情充滿無限哀傷，似乎對這一段悲慘的過去難以釋懷，於是便擅自作主的將他帶回現實之中：「石伯伯，不要這樣了，繼續說你的故事吧！」

　　石伯伯笑了一笑，又道：「當一切平靜下來的時候，我便與謀、成、玉等兄弟回東區。二哥親自迎接我，說只有我才能重振聲威，我為了報答二哥，只得答應了。」

是英雄？還是流氓？

是英雄？還是流氓？（下）

文：老溫

石的結拜兄弟們，大哥永遠不會露面，二哥不愛管事，但其他四人已經相繼死亡，於是石順理成章的成為新的掌權者，在他的帶領下，人馬越來越多，實力越來越強，而且石的作法深得眾人的愛戴，聲望甚至超過了二哥，但也因為如此，二哥擔心他成為下一個奪權者，因此設計了連串的毒計，準備對石出手，以維持住自己的地位與權勢。

石欲將成、玉等兄弟調動，重返西區，以圖再重擊卿幫姓曾的，於是便去找二哥。

二哥的親兄長說：「你二哥現在不方便見你，這樣吧！我幫你傳話好了。」

石說：「那就麻煩你了。」但石遲遲無法見到二哥，後來，石竟然連地位也沒有了，也就是無權命令任何人，他怒氣沖沖的跑去跟二哥理論。

石質問二哥；「你為何不信任我了？」

二哥說：「你心知肚明，何必要我明講？」

石又問：「我到底做錯什麼了？」

二哥說：「不承認就算了，念在我們兄弟一場，我可以原諒你的錯，但其他兄弟會服氣嗎？」

石一臉疑惑地說：「二哥，我真的不知道那裡做錯了，還請明示。」

二哥怒視著石說：「不知悔改，還有什麼好說的。」

石與二哥經過一番爭執，最後鬧翻了，石怒火難消，轉頭離去，回家的路上開始回想，是不是二哥的兄長離間了自己與二哥的感情呢？他十分苦惱，十分寂寞，沒有人陪，就在這時，服侍石的女僕梅，剛巧回來。她就這樣陪了石一個晚上。石感覺很孤單，很迷惘。

但事實並非石所想，是二哥與其兄長合謀逼走石。

二哥的兄長說：「七弟現在的聲望已經超過你，現在所有人都對他非常欽佩，才能更不用說，是我們眾人之最，若不殺了他，就必須趕走他，否則你的地位難保。」

二哥說：「七弟是好兄弟，我下不了手。」

二哥的兄長說：「那就想辦法逼走他吧！」

第二天，謀說：「乾脆奪了二哥的權吧！他和他的親哥哥密謀，想要殺了你，雖然二哥沒答應，但他想把你趕走。」

石說：「絕對不可以殺二哥奪權，再怎麼說，他也是自己的兄弟。」

謀說：「那你想怎樣？任人宰割嗎？」

石說：「我們離開東區，另創一番事業吧！雖然非常不捨。」

謀說：「你到那裡，我都跟隨你。」

石說：「不知幾位的意思如何？」

新說：「我願追隨大哥。」但成與晃並未答應。

石、謀、新等帶領大約一些弟兄離開，往西區發展，希望徹底控制西區後，再回來協助二哥擊敗北區的卿幫大本營，不過，石等人才離開之後，二哥的實力大減，加上他的親哥哥無能領導，不久，東區便發生危難。

前來報信的兄弟說：「石大哥，東區情況危及，二哥希望你能回去幫忙。」

謀說：「大哥，你就答應吧！」

石說：「當初我要走的時候，二哥如果留我，我是絕對不會走的，可是，他竟然連一句挽留的話都沒說，可見他是多麼希望我走，所以我是不會回去的。」

於是，石帶領弟兄們到處流竄，在兩年多的時間裡，從東往南，再往北又轉西，漫無目的的狂奔，原本意氣風發的石，銳氣全失，人心不再向著他。

在東邊時，遇到卿幫頑強的抵抗，原本只要繼續強攻，便能取得勝利，但石卻選擇了放棄，帶著人馬離開。

當他們來到北邊，遇到埋伏，原來是姓曾的帶人偷襲，雙方經過撕殺之後，石的實力大減，損失很多弟兄。

石在無奈之下，只好改變計劃，重返西南，但卿幫找了姓左的，此人曾經殺死石的五哥，並且十分能幹，此次，石算是遇到大敵了，火拼數場之後，不但無法取得勝利，還不斷被打敗逃跑，沒有立足點的他們，陷入絕境，除了實力大減，也兵疲馬困。

謀問：「大哥，不能再拖了，我們該怎麼辦？」

石說：「回到西南區，當初我與六位大哥結拜的地方，那裡很適合作為我們的根據地，希望我們可以重振旗鼓。」

另一方面，卿幫的曾帶領的人馬，一路往東，目標是玉為首的兄弟。

當石返回西南區時，觸景生情，意志漸漸消沈，石與梅因日久生情，結為夫妻。

石說：「現在，我只想與妳安安樂樂的享福。」

梅說：「嫁雞隨雞，嫁狗隨狗，夫君的決定就是我的決定。」

不過事與願違，卿幫不斷地偷襲，石已不願再起戰端，只好不斷後退，也就是逃亡，也因為石的意志消沈，引起許多兄弟不滿。

一位兄弟說：「石大哥，你現在只會逃跑，一點鬥志都沒有，難道你忘了當初的理想與抱負？」

石嘆了一口氣，接著說：「此一時彼一時啊！當時七位兄弟理想跟目標一致，也同心齊力，但現在，死的死，奪權的奪權，我們早已經不是原來的樣子。」

這位兄弟說：「既然如此，我也無話可說，這樣吧！我帶兄弟們重返東區，幫助二哥，石大哥應該贊成吧？」

石說：「人各有志，你們想怎麼做就去做吧！」

「好，那我就帶他們回東區了。」

謀說：「我留下來陪你。」

新說：「我也留下。」

於是，石的身邊僅剩約百人，大部分的人都跟隨朱、汪二人，回到東區幫助二哥對抗卿幫，拋棄了結拜兄弟的石，在此時也嘗到被拋棄的苦果，雖未眾叛親離，但也相去不遠。

卿幫有一位姓劉的，似乎對石有深仇大恨，不斷屠殺石的兄弟，石終於想要重拾昔日雄心，決定北上攻擊西區的西邊。

石說：「姓劉的逼人太甚，我們不能再忍了。」

謀說：「可是我們現在人力單薄。」

石說：「管不了那麼多了。」

謀說：「大哥打算怎麼辦？」

石說：「一邊打一邊招兵買馬。」

謀說：「這樣行得通嗎？」

石說：「我們沒有別的選擇了。」

謀說：「那就依大哥的意思做了。」

石伯伯說：「途中，有一個名猷的兄弟，帶同他的手下投靠我，使氣勢更大，沒想到後來卻慘敗收場。」此時的石伯伯，臉色更難看了，他似乎陷入了絕望之中，無法自拔。

因為猷的加入，石的勢力逐漸壯大，他們一面移動，一面招兵買馬，但是，聲勢竟從此急轉直下，原本戰無不勝的石，開始吃敗仗，人馬越來越少，也被卿幫人馬逼得走投無路，只好向西逃離。

在一處江邊，石的人馬全都停下休息，因為兵疲馬困，而且糧草已經不多，更讓他們陷入絕望之中，偏偏追兵已經快到了，而且人數非常多。

一名弟兄說：「報告大哥，一位兄弟才下水，雙腳立即麻痺，無法動彈，而且水流太強，差點就被沖走，所以我們暫停渡江了。」

石說：「看來，我們只好求助地頭蛇了。」但石沒想到此舉竟然失去了一半的糧食，而且被徹底出賣，地頭蛇拿了糧草，卻也讓卿幫完全掌握石的人數、位置與狀況。

卿幫的地盤裡，地頭蛇拿了糧草卻出賣了石，他一五一十的把石的狀況說出，卿幫立即開始部署，準備將石的人馬趕盡殺絕。

由於水溫很低，石與他的人馬只能坐以待斃，他們陷入絕境了。

石說：「你們先別打，我去跟卿幫投降，以維護弟兄們的性命。」

謀說：「千萬不可，殺出去，還有機會。」

石說：「弟兄們已經多日沒有進食，別說要跟卿幫拼命，連走路都有問題了。」

謀說：「難道要向卿幫俯首稱臣？」

石說：「這也是莫可奈何的決定。」

謀說：「好吧！你怎麼說，我們怎麼做。」

部分人馬受石的命令，想要渡江，但前面幾人下水，立即被沖走，其他的人急忙下水，想要搭救，同樣被水流帶走，景象讓人震驚，石見狀後，萬念俱灰，癱坐在地上一語不發，兩行淚水奪眶而出。

石伯伯說：「第二天，當我準備放下武器，向卿幫投降之際，謀出其不意把我打暈了。」

當石醒來的時候，身在一座高山之頂，旁邊有位滿頭白髮的老翁，他正看著石，笑說：『你醒了，你要下山，便走這條路吧！』他指著一條路。

石問：『我為什麼會在這裡？』

他沒有答，只是大叫著：『天意！一切都是天意！』說罷便走了。」

石伯伯說：「當時，我心急想知道我的兄弟怎麼樣？便馬上跑下山，怎知一切已變了。」

「逸清，你要切記，凡做每一件事都要考慮清楚，才決定去做，還有，不可自相殘殺，無論對兄弟還是同胞，均應博愛，才能令天下太平。」

「你們的中華民國政府從前因內訌，便剩下台灣，現在仍不知自愛，不斷內鬥，我很擔心你們。」

我說道：「伯伯，我們台灣真的很亂，我都不知怎樣說了，總之，狀況非常不好！」我心想，為什麼伯伯會如此了解台灣？剛才，他說一切變了，如何變了？

我便又問他：「石伯伯，你說一切變了，怎樣變了？」

他嘆了一聲，才道：「一言難盡！」他拿出一本日記簿出來，表面已經十分殘破。

他又道：「這一本是我從那天開始寫的日記，當然，那只是一部分。將來，若我們有緣，我會再給你看其他的，這一本送給你吧！」

我接過這本十分殘舊的日記簿，還未說謝謝，他又拿出一件東西。那是一塊十分碧綠的玉，他又說道：「這件東西送給你吧！希望你將它好好保存，將來，有緣的話，一定會與你再詳談。」

我伸手接過這塊長方形的玉，說了聲：「謝謝石伯伯。」只聽見他哈哈大笑。

我則慢慢欣賞這塊玉，只見上面寫了兩個字：翼王，我呆了一呆，抬頭想看看石伯伯，但他已不知所蹤，我大叫：「石伯伯！石伯伯！」可惜，沒有任何人在附近，我只得翻開那本日記，只見上面寫著：「當我下來時，一切已變了，途中問人，說現在是什麼民國五年，天王已死，太平天國也覆亡了。照算，現在是太平天國六十六年了，想不到我石達開……」

我看到這裡便驚呆了，太平天國，原來石伯伯是翼王石達開。敵人不是什麼卿幫，而是清朝。難怪沒有大哥，大哥便是耶穌，二哥是洪秀全，三哥是馮雲山，四哥是楊秀清，五哥是蕭朝貴，六哥則是韋昌輝，謀則是石伯伯的好友張遂謀，另外，還有胡以晃、秦日綱、李秀成、陳玉成、林鳳祥、李開芳、賴裕新等大將。而卿幫則是滿清的是曾國藩、左宗棠、江忠源、劉長佑、胡林翼、羅澤南等。至於戰場，東區是華東的南京一代，北區便是北京了，西區是四川、湖北、湖南一帶，中區則是安徽、江西一帶，南區則是浙江、福建，而西南則是廣西、雲南，而江，便是長江了，至此，一切我已明白了。

但石伯伯為何在百多年前出生，仍可活至今天？相傳石達開在清朝同治二年即 1863 年於四川遭凌遲致死，那麼，我遇到的到底是人還是鬼？亦或是神仙，石伯伯的日記內記載的事更加離奇！現在，我沒有辦法問伯伯了，只能希望有朝一日，我會與他重逢。

石牽著五歲大的兒子，帶著幾位不願離去的部署，向清軍駱秉章投降，以求部下們能夠獲得生路。

石說：「求榮而事二主，忠臣不為，捨命以全三軍，義士必做。」

駱說：「你希望我放了你的部屬？」

石說：「還望大人成全。」

駱說：「行，我答應你。」

於是石的四千老弱殘兵得到遣散，只留下二千餘人為可戰之軍。

石與五歲大的兒子，在成都的大街上，身受凌遲酷刑，石被施以千刀割刑，至死都默不出聲。

施刑的劊子手嘆服地說：「奇男子，奇男子也。」

　　不過，駱秉章的承諾並未能實現，大渡河邊，石的二千餘兵馬，早已彈盡援絕，毫無抵抗能力，很快的就被清軍殺得全軍覆沒，沒有活口，至此，石達開一生的傳奇正式畫下句點。

　　我慢慢走回山腳，看著伯伯的日記，感覺是不可思議，其一是：伯伯說很久以前，有一位相士說滿清會在辛亥年滅亡，所以，太平天國便在辛亥年起義。另外，還有很多離奇的記載，便是……

　　戰爭或戰亂，向來幾乎沒有贏家，所謂的贏家也只不過是少數人獲利，而絕大部分的人，都會受到不同程度的傷害，有人妻離子散甚至家破人亡，有人富甲天下變成一無所有，有人因戰亂逃亡而客死異鄉，但最慘的莫過於像石達開之流，投降或被俘，然後遭凌遲至死且遊街示眾。本來叱吒風雲，權傾一時的東王楊秀清，竟落得滿門皆滅的下場，同時被屠殺者超過二萬人，取而代之的北王韋昌輝，位子都還沒坐熱就人頭落地，更別提史料中記載的千千萬萬人，他們都因太平天國而死亡。

　　曾國藩評價石達開為：諸悍賊之冠。在九江時，石達開大敗湘軍水師，曾國藩座船丟了，羞愧的投河自盡，但被部下所救，曾國藩說此役為平生四大恥辱之一。

　　左宗棠評價石達開為：賊之宗主，我之所畏忌。

　　清軍稱石達開為石敢當，甚至知道敵人為石的軍隊時，會紛紛逃避而不正面迎敵。

　　李秀成被俘後，曾國藩之幕僚問他對太平天國諸王之評價，李秀成說其他各王皆平平，惟有南王馮雲山與翼王石達開是最好的，翼王城府甚深，足智多謀。

　　我看著這時的美麗的黃昏景象，拿著翼王的玉牌，他究竟是位英雄？流氓？救世者？還是叛國賊？無論如何，我都會永遠懷念他：翼王石達開。

是英雄？還是流氓？

獵奇高手（上）

文：六色羽

第一章　蟲子的瘋狂

雷克走在一座長達一萬公里惡氣熏天的垃圾山下，在幾乎到達山谷時，一條蜿蜒曲折的支旁小徑吸引了他的注意，他駐足了一下，就決定偏離主道往那裡一探究竟。

「喂！雷克，乙太老人說的綠色森林不是那條路，你要去哪？」和他同行的夥伴在他身後制止，但雷克行事向來就憑直覺，所以才會屢次出奇不意的尋獲珍寶，獵殺捕捉到世界各地僅存的珍奇異獸。

見雷克不理會其他人逕直的越走越遠，夥伴啐了一口唾沫憤道：「媽的，這個世界真的只剩下垃圾嗎？」他們只得跟隨著雷克的腳步往小徑走去。

「這條路上的垃圾會不會突然崩塌下來啊？」某個年輕人不安的抬頭看向垃圾拔天的山頂。

這個世界別說森林，連要見到一根綠草都難能可貴，藍天綠地早已成了奇蹟和傳奇，放眼望去的垃圾山五顏六色的好不繽紛壯觀。天空沈甸甸的籠罩在霧霾瀰漫中，刺鼻的毒氣多用力吸上幾口就會流鼻血。

「喂小子，你的命是有多值錢吶？那麼怕死？」

大家哄然大笑。

雷克突然停了下來，所有人也警覺跟著他的視線看向前方，一場奇異的景象在他們面前上演。

一隻比人還碩大肥滋的綠毛蟲，竟挺起上半身，在另一隻更加巨大的青蛙面前，搖頭晃腦了起來！

「見鬼了！哪來那麼大的怪物？」

「牠們到底是吃了多少廢棄物才會變成那樣？」

只是他們不明白，那隻肥蟲為何會那樣挑釁牠的掠食者？瘋狂似的在青蛙面前跳舞找死？

青蛙呱得一聲，又長又粉的舌頭已迅雷不及掩耳的捲住毛蟲中段，眼都還來不及眨，蟲頭已被塞進巨大的蛙嘴裡，很快即被咬得又乾又匾。

趁巨蛙口中的食物還未被吃光，雷克警戒的要大家開始撤退：「那隻毛蟲被寄生蟲控制住了，宿主快被吸乾時為了得到更多營養素，寄生蟲就會控制牠去勾引掠食者，好讓寄生環境往上升等！」

　　但說時遲、來時快，就在所有人吞吞口水打算往後退時，蛙舌一掃，千分之一秒就把他們一夥人黏上舌頭，連尖叫都來不及，下一秒已被捲進巨嘴裡。

　　呱呱…

　　雷克靈巧的躲過舌鞭跳進一旁的紙箱中，青蛙摸摸鼓鼓的白肚子，心滿意足的轉身跳走。

　　雷克心有餘悸的看向身後，竟只有他逃過一劫，其他人全數被殲滅。

　　有青蛙和蟲，代表後面真的有綠色森林。雷克小心的尾隨在青蛙後面，那座隱藏在垃圾山腹下的森林，果然盎然林立在他眼前！

　　他還來不及欣賞眼前失落的美景，耳邊傳來恐怖綿密的嗡嗡聲響！

　　他一抬頭，就見一群機械狂蜂！

　　失去人為控制的機械狂蜂，最恐怖的就是喜歡見洞就鑽，從眼耳口鼻鑽進人類的大腦裡吸取腦漿為材，再用三 D 列印功能，打造牠們的後代加以繁殖。

雷克常常在垃圾場裡看到以人頭為窩的機械狂蜂。

第二章　獵殺穿山甲

牠們向雷克蜂擁而上，雷克不急不徐的按下電子槍上的高頻音波，機械蜂觸角開始冒出白煙，牠們腦中的 CPU 線路正在受損，很快就於空中爆炸解體。

他驕傲的吹吹槍口，但尖銳煩人的嗡嗡聲還在他腦中迴盪，他憤怒的一腳踩爆地上的發聲器，卻駭然發現腳上竟已成了螞蟻上樹，爬滿了火紅蟻！

手中的雷射槍立即轉換成雷射刀，刷刷刷的以不驚擾那些瘋蟻的速度，將火紅蟻掃落於地。

「啊！該死！」一陣火灼的劇痛從他的小腿傳導而上，他翻開褲腳，密密麻麻的一群還是成功鑽進了褲管，狠狠的往他小腿咬噬下去。

他一一捻死這些卑微可鄙的生物，但四周窸窸窣窣的湧動卻令他背脊發涼，紅通通的蟻群大軍已經將他給包圍。

他手中的槍瞄準前方不遠的一棵大樹，儘管目前大樹的價值比萬噸黃金還要可貴，他仍毫不猶豫的決定擊斷它變成他逃脫蟻群的橋樑。就在他要發射時，一個鬼祟如鋼扇的黑影，步伐矯健，跑得飛快的在他對面掃出了一條生路。

穿山甲！

雷克瞠目結舌的盯著那隻早已在地球絕跡多年的嬌小生物，美麗的鱗甲，在陽光中反射著白光。

牠再次掃了回來，可能是看到大量螞蟻聚集，穿山甲興奮的將全身鱗片大張宛如一把鐵傘，從牠的鱗片縫隙裡，湧出一股強烈的腥膻氣味直擊螞蟻的味覺，螞蟻以為那是美食的味道，於是爭先恐後的爬進了穿山甲的鱗片縫隙去。

鱗片突然緊緊閉合，大量的螞蟻跟著被封閉在鱗片內，被穿山甲滿載而歸。

「想去哪裡？」那樣的稀世珍寶，豈可能自這個世界級的獵奇高手眼前溜走，雷克跟著牠掃出的生路衝出蟻海，手中的槍發出一條刺目的雷射光，擊中穿山甲時，光線瞬間變成一張魔爪般的網子，活活將牠擒住。

穿山甲被電網電得嘎嘎亂叫，身體瞬間蜷曲成鐵球。

「呵呵，我看你能撐得了多久？」雷克毫不猶豫的加強了電力。

穿山甲遇痛就會將軀體伸張開來，然後再剖開牠的肚子，取出不需要的內臟丟掉，用鐵夾夾住牠的身體，放到火盆裡灼烤，直到牠的鱗甲全部脫落取其鱗片。

但雷克加強電力後，牠卻越頑強的將身子蜷得更緊，原本驚恐的小眼睛早已閉上，尖尖的嘴角掛出一縷鮮紅的血絲。

「嘖！這傢伙是怎麼一回事？竟這麼頑固！」

雷克憤怒的高舉電網，一遍又一遍的把那穿山甲往地面上摔去就是要逼牠乖乖就擒，但摔了半天竟只是一陣徒勞。雷克不甘心，瞇起凶狠的眼，只得讓電力再加碼，一陣焦味瀰漫，牠的鱗甲終於脫盡，卻仍然頑強的保持原來的球狀！

雷克不得不佩服牠的毅力，反正他要的珍貴鱗片已全數掉在地上。

他哼的一聲按掉雷射網，可憐的穿山甲砰得落地，雷克樂不可支的拾起鱗片，正打算走人時，眼角餘光看到身旁奄奄一息的穿山甲，努力的把眼睛睜開一條線。

「呵！居然還沒死！」雷克不再理牠，轉身就走。

牠似乎感受到危機解除，血肉模糊的身子此時終於慢慢的伸直，接著一陣抽搐後瞬間變得僵硬挺直，然後嚥下最後一口氣。

細小的窸窣聲讓本要離開的雷克回頭，他駭然愣住！那隻頑固穿山甲變得筆直，在牠攤平的肚皮上，竟蠕動著一隻只有老鼠般大小、粉嫩透明的小穿山甲，牠身上的臍帶仍與母親相連，小嘴一張一合，彷彿在無聲地呼喚著死去的母親。

第三章　墨丘利大使

這是在搞什麼鬼？

這隻不到十公斤的穿山甲，寧願忍受電燒到焦糊，至死仍不肯展開身軀…是因為牠在捍衛肚子裡的寶寶？

沸血瞬間在雷克身體湧動，一種五味雜陳的情緒翻然而升，他甚至於低下眼不忍再瞧一眼那隻穿山甲，咬起牙，拳頭也緩緩的攢了起來。

他隨即可笑的甩甩頭，何必為這種事產生罪惡感？反正牠們不是死於他手，就是他人之手，下場都一樣。或許將那隻小的養活後，還能再剝取牠身上鱗片，再大賺一筆。

他拎起母親的屍體，硬生拔出牠腹中的小穿山甲，小傢伙兩隻小手無助的在天空揮舞捨不得離開母親，他按住牠的頭後硬是塞入胸前透氣的暗袋中，毫不憐惜的丟掉牠母親便離開綠色森林。

雷克穿過一座由三面圍合的宮庭式花園，一座可噴至 150 米的壯麗噴泉他無心觀賞，直接來到墨丘利大使以紅色大理石裝飾的接待廳。

非金即銀打造的家具，幾乎都要刺瞎了雷克的雙眼，他羨慕不已的撫摸著家具上精工的鏤刻；眼前的天花板，畫了駕馭著狼馭戰車的戰神，好像要從天而降的震撼人心。

他鄙夷的挑高眉頭，暖爐上，美麗鹿角左右延展、灼灼如炬黑寶石鑲嵌在鹿眼中；還有地上躺著一張齜牙咧嘴的老虎草皮，若非他，偉大的大使館，也不可能顯得如此富麗威武了是吧？

「看看你這次為我帶來什麼美麗的收藏品？」宏亮的聲音瞬間充斥整個奢華的大廳，雷克回頭，直視著向他走來的墨丘利大使，臉上終於有了一抹好看的微笑。

「珍貴的藥材…」他將穿山甲的鱗片，小心的攤開在黃金舖成的桌面上。

「哇！竟是絕跡已久的穿山甲！」大使的眉心卻皺了一下：「可惜牠不是完整的一隻，只剩下鱗甲。」

「但這是牠最珍貴的部位，這些鱗甲在中國可是價值連城。」

「那只對飢不擇食的中國人而言是如此，若能把牠製成標本，便是保存了一個物種的史蹟和世界遺產，將它拿到全世界各地展覽，獲得的滾滾財源，絕對比單單只把它吃下肚來得收獲還多不是？」

經過這個身價無窮的貴族這麼一提點，雷克才知道自己錯過了什麼？難怪他能高居金字塔頂端而百年不搖，而他，永遠只是一個四處賣命的獵人。

唧～

墨丘利敏感的望向雷克的胸前，挑高眉問：「你身上還藏有其它的寶貝？」

雷克身子凜住，他這時才想起口袋裡還有一隻完整的穿山甲。但經過墨丘利剛剛對發財之道的解說後，他才發現自己還保留了最佳優勢，一抹得意的微笑在他嘴角一閃而過，隨即又展現出一如往常的冷靜。

墨丘利發現了他臉上隱藏的謊言：「拿出來。」

雷克開始覺得不太妙，因為只要是墨丘利想要得到的收藏品，就一定會用盡各種不擇手段的方式，把東西搶到手，即使是用最精良的武器把人炸成爛泥也在所不惜。

他虎視眈眈盯著雷克胸口的表情，比地上那隻死不瞑目的老虎還可怕。

第四章　落入排水孔

雷克退到虎皮邊，順勢蹲下身將老虎頭一扭，整張地毯立刻跟著地面向下傾斜，他滑落古堡的地道裡。

墨丘利齜牙咒罵：「那該死的小子怎麼會知道那裡有機關？」

他立即出動殺人如麻的機械兵團抓人。

雷克手中的雷射刀轟得亮出光芒，瞬間照亮了整個又深又長的地道。由於長年出生入死於各種險峻地帶抓捕奇珍異獸，他第一眼看到那張虎皮時，就直覺那裡有道機關。

「那些鱗甲真可惜，一毛錢都沒拿到，便宜了那貪婪的上流鬼！」

視財如命的雷克心中在滴血，胸口這隻小的將來最好能為他彌補今天巨大的損失，不然他絕對把牠活活烤成乾、磨成粉洩恨。

只是他連怎麼把牠養大都是個問題，聽說穿山甲不好人為飼養，所以在棲息地被人類破壞和大量捕食為藥材後，才會死得精光。

反正什麼動物都死光了，也不缺穿山甲。雷克一直帶著那樣毫無愧疚的心態，獵殺一種又一種的生物，即使全世界剩下最後一隻，只要有買家，他也照殺不誤。

　　身後突傳來可怕的咻咻聲，一陣劇痛，雷克的身子向前彈飛了數公尺，一口血自他口中吐出，背脊宛如被震碎！

　　他努力爬起，焦急的拉開口袋查看裡面的小東西是否安然無恙？牠小手蜷在臉頰旁，一臉與世隔絕的安然入睡著，雷克不知要哭還是要笑，他居然為了保護一隻動物差點喪命！

　　身後咔咔的機器聲迫近，雷克恍然回神！只要成了那些殺人不眨眼的電子殺手鎖定的目標，絕對比一隻螻蟻還要難以活下去，他死命的向前逃。

　　前方屋頂有一個長方型的光亮，那應該是下水道的出口，他瘦長的身型成了優勢，雙腳一躍攀上出口邊緣，很快就鑽了出去，但頭立馬被一麻利的圈套給套住，他像隻流浪狗般被拖行了一公尺。

　　唰！他手中的雷射刀斬斷套住他脖子的繩索，按下身上瞬間移動鍵，開始在漆黑街道上沒命似的跳躍逃跑，但身後電子殺手的軍火強大，雷克的手臂還是被流彈削去一大塊肉，他瞬間失去平衡又掉進一個下水道孔中。

　　他彷彿聽到有人沖馬桶的聲音，一股熏天惡臭兜頭傾倒而來，身體已被一道強而有力的旋渦給沖進了大海。天旋地轉和

惡臭讓他反胃，還未來得及辨別東南西北，一血盆大口迎面向他俯衝而來，他連頭都來不及縮下，就已屍首分身。

　　撕心碎肺的痛楚後，雷克再次睜開眼，血味充斥他的口鼻，沒想到怪物的嘴再次向他衝來，他手忙腳亂的舉起槍想反擊已來不及，他的頭再次被巨嘴給撕走。

　　很不幸的他再次復活，這次離怪物尾巴很近，讓他終於看清怪物的真面目，竟是白鯨鱘魚！

　　他記得為了取出全世界最頂級的魚子醬，黑海最後一隻白鯨鱘魚早已慘死他手，這裡怎麼還會有如此珍貴的生物存在？但沒有命容他多想，巨大鱘魚尾巴一甩，縱使雷克手中的雷射刀刺住了拍來的尾巴，人還是被龐大力道拋甩了出去，頭再次被反轉而來的巨口咬掉。

　　如此一而再再而三的反覆，雷克宛如掉進修羅地獄的生不如死。

　　一次次撕心碎肺的痛楚後，這次復活他和牠玩起了躲貓貓，不假思索縮頭游到牠腹下躲藏。抬頭，愕然看到一個碩大的傷痕，流出的鮮血在海裡化為血霧，金黃垂涎的魚卵，跟著鱘魚奮力的溯河想洄游到上游生產，竟下起了黃金雨。

　　牠痛得抓狂，似乎是失去了方向，雷克感受到牠滾動水流時的劇痛，那傷該不會是他以前造成的？

　　牠是世上最後一隻白鯨鱘魚的亡靈嗎？

　　那麼⋯這裡是哪裡？

　　若是幫助鱘魚返回河上游產卵，他是不是就可以解脫？

　　雷克縱身向下潛，決定拔取昆布當線，再用雷射劍當針，幫鱘魚腹部傷口縫合防止魚卵繼續流失，但游不到幾米，他的頭再次被咬走。

　　復活後，他咬著牙忍受一次又一次的撕啃之痛，最後終於成功採集到昆布，並在下次復活時果斷游進魚腹裡躲避著牠的奪命巨嘴。

　　不顧滿身魚腥的黏稠，縫合十分成功，在最後一針時他才鑽出魚腹，然後眼前又是一陣被撕裂的黑！

　　當他再次睜開眼時，一道如雷震耳的聲響衝天，雷克不禁搗住耳朵，仍覺得腦膜好像要被震碎，臉頰隨即慘遭一鞭，雷克眼冒晶星的看到如水管的灰色長條物在眼前甩動，還未來得及回神，就已聽到自己雙手和雙腳骨頭的碎裂聲，他痛得齜牙

咧嘴的仰天嘶吼，最後一幕，看到兩扇揮動的碩大耳朵，他的頭也被踩扁。

白鯨鱒魚怎麼變成大象！

大象白得發亮的牙齒在陽光下閃耀，即使現在雷克被象群踩在足下準備處決，他依然醉心痴迷於那能換取大把金錢的美麗色澤。

他駭然驚恐的盯著巨大的象腳不斷向後退，掌心一拍，一尖銳物立刻刺穿他的手掌。他低頭一看，竟是骸骨！這才恍然自己在一個淺淺的土窪裡，四周已被大象屍骨給包圍！

這是大象的墳墓，牠們有埋葬死去親屬的習慣。他和象群背後，是綠意盎然的灌木林。

他看得出，在牠們一對對幽黑深邃的眼神裡滿是憤怒，他腦中只閃過一個念頭，他死定了！大象想要復仇，是十年不晚的陰險小人。

獵奇高手（下）

文：六色羽

第五章　辛巴威草原

牠們再次毫不猶豫地凌遲他，光劍早已被踢得老遠，他生不如死的嘶嗷，龐然大物最後才將他一腳踩扁爆漿。

穿過那些林子，思緒帶雷克回到五年前。當時他帶著人馬，浩浩蕩蕩的來到非洲辛巴威，將世界最後一群大象給剿殺滅族，牠們躲藏的窠穴，可是他花了整整一年跟蹤才找到的。

那次的突擊，割取的象牙就為他賺飽財富，可謂是最豐收的一次。但他沒有因此而覺得滿足，繼續靠獵殺動物謀求更多的金錢。與其說他收藏珍奇獵物，倒不如說，他收藏的其實是綠油油的鈔票。

他再次睜開雙眼，身體依然回復成未被象群五馬分屍前的完好，對痛覺連一絲麻木都沒有。不斷的折磨令他害怕的全身發抖，前方的樹上突然開出一朵鮮紅如火焰的花，那花彷彿會傳染，很快的林子頂端開始一連串一朵、二朵的綻放開來。

光芒刺得雷克有些分不清夢幻亦或現實，四周的溫度也不知為何不斷的在飆升，大象們各個高舉著象鼻狂叫與跺步。

雷克正在慶幸逃跑的機會來了，卻還是被最巨大的那隻公象一腳踩住左半身，刺入他胸口的象牙，瞬間又將他撕成兩半。

他才覺悟自己正重返那場殲滅象群的圍剿行動，為了將大象一網打盡，他曾下令放火燒了這座珍貴的灌木林，火光伴著大象的淒厲叫聲在他耳邊迴盪，他這回已感受不到是牠們在折磨他？還是他自作自受在折磨自己？

天際劃出一道不一樣的呻吟。

雷克伸長脖子四處找尋聲音出處，終於在他左前方發現一隻躺在地上分娩的母象。

母象筋疲力盡的喘著粗氣，眼眶淌著濕潤的熱水，應該是難產。

自那雙痛苦的雙眼中他才想起，他就是追蹤這隻懷孕的母象，才找到牠們的部落，並推算她分娩的時日發動攻擊，因為象群為了保護分娩的母象，都會聚集在一起，更容易將牠們一網打盡。

剛剛拯救白鯨鱘魚產卵的經驗，讓他靈光一現！他得幫助那隻母象順利把小象生出來，才能平息象群的虐怨，但念才剛生，他又被撕得粉碎。

　　再次睜眼，雷克精準的閃過踩下的巨腳，在牠提起的瞬間，他死命的抓住象腿，並一躍而下的滾到母象身旁，暫時遠離了不斷致他於死地的巨輪。

　　樹頭上的火花越開越旺，溫度高得宛如煉獄，象群抓狂嘶叫，雷克趁機查看母象的狀況。小象只露出一隻腳在外，另一隻腳還卡在母親身體裡，他倒吸一口氣後，即將手伸進母象的身體裡，卻不慎被劇疼的母象一腳踢飛數尺，然後再次慘遭命運的蹂躪。

　　『輕言放棄』向來不是雷克的作風，他再次如法炮製的回到母象身後要將小象掏出母體，這次還巧妙的避開了母象的飛腿，但一隻強壯的公象還是甩著碩大的象鼻向他狂奔而來。

　　砰砰砰──重量級的踩踏聲連地面都在震動！

　　雷克瞪目的瞪著那隻公象，腹中的手終於抓到了小象的腿，使勁一拉，他被瘋狂公象的鼻子拋甩飛於高空，又被另一隻象接住，然後他開始變成象鼻下的球，全身骨頭被鞭得四分五裂，他最後一眼看到一抹粉紅色薄膜，覆蓋在一隻小象身上。

　　他安然閉上眼睛，嘴角浮出一個滿意的弧度。

　　為了讓財源細水長流的永續經營，不是更該為那些動物留點餘地嗎？

　　雷克嗤鼻一笑，這個後輩就是因為經驗不足，才會有這樣的念頭。

　　即使他留給動物一絲活下去的餘地，為了錢，還是會有人急著去獵殺牠們，最後一樣會全數絕跡滅亡。那麼，與其讓他人獲取牠們成為財富，又何不讓牠們全變成自己的財富，他何必笨得拱手讓給他人去賺？

　　生物鏈失去平衡關我屁事？

　　地球崩潰關我屁事？

　　反正在我能活著的歲數裡，絕對不會因為我的強取豪奪而面臨世界末日，那可能是下一代或下下一代的問題，不是我的。

　　活在當下享受榮華富貴才是人生吶～

　　他不想再睜開眼，但老婆挺著九個月身孕的身影，赫然浮現於他腦海，他冷不防一顫，一道冰冷刺進他的肚子，隨即是一股溫熱…

第六章　上等的血腥料理

　　背頂在一個又冰又尖硬的物體上，雷克向前挪動身子，撕裂的劇痛，卻自肚皮一路傳導而上，雷克低頭，駭然發現他的肚子正被一把兩端長滿鋸齒的鋸子，死死的釘在巨大的岩石上。

　　他認得這隻鋸子！伸手想要握住鋸柄減少它移動所造成的痛苦時，沒想到鋸子猛然一扭，他的身子立即被腰斬。

　　再次回到同一幕，雷克緩緩的抬頭，視線從自己的腹部一路往前延伸，終於在長達 5.7 尺長的鋸子盡頭，看到它主人的廬山真面目，已在歐洲海域完全消失的鋸鯊！

　　鋸鯊全身上下都是寶，除了肉質鮮美，皮可制革，鼻前的鋸齒更是製作刀殼、劍鞘的上等原料，鰭則成為人們展示自己身分地位的高級魚翅。

　　鋸鯊扁長的上嘴唇緩緩的張開，就像最後一隻在廣西北海被他捕獲割掉鰭的那隻，翻著死魚眼瞪著他，露出像鋸齒般的尖牙。

　　雷克連口水都還來不及吞下，身體就被那把「鎮廟之寶」的鋸子給大卸八塊。

雷克猛然掙眼，撕心碎肺的劇痛還沒停，鋸鰩已用鋸齒形的嘴部，不斷來回撕扯牠的獵物，他回神時，左手臂已經斷裂飛入魚嘴。鋸鰩的速度奇快，就連有海上霸王之稱的凶殘虎鯨和鯊魚，遇上它也不敢與之交鋒。

他絕望無助的只想快點超生，但他似乎掉進求生不能、永死不得的循環地獄裡。這些動物冷血殘酷的非要折磨他至死的手段，和他當初殘殺牠們時的決心，一模一樣，毫不帶任何感情。

身子失去掙扎的動力在向下沉，發現那隻再次向他俯衝而來的殺手，身姿似乎變得有些怪異，不再像先前那樣的敏捷。但漸漸的，身邊游來越來越多載浮載沈的巨大魚體，各個如失去平衡而傾斜的潛水艇在向海底降落。

他頓時覺得口鼻飽含著血味，忍不住往海底看，屏息吃了一驚！

海底竟然鋪滿了大型魚類的屍體，較上層的還在海底掙扎滾動，但魚鰭均被斬，無法拍打水流讓水中的氧氣流進鰓裡呼吸，滿身盡是被割走鰭後鮮血淋漓的血口子，在灰濛濛的海底看得叫人觸目驚心！

全是鯊魚！牠們正在那裡靜靜的等著窒息而死。他同時聽到海面上傳來陣陣惱人的噪音，是人類的漁船，他們一定是在上面忙著割下鯊魚的魚鰭。

長劍般的鋸子二話不說的又將他一剖為二。他再次睜開眼睛，將手中光劍加強電力至最大，斬斷了刺在他腹中鋸齒，一口血隨即吐出，撫著重傷的肚子，依然靈敏的游進正在收網揚起的底刺網，再將手中的光劍連同魚網插進海底的石縫間，阻止魚網升上去，那網子裡，或許就有這隻抓狂鰆魚的寶寶。

不管下回睜眼會再度遇到什麼猛獸，他都只想快點結束這些惡夢般的折磨。

只是單憑他的力量很難拖得住漁船，他得想想其它辦法。

光劍讓鰆魚立刻發現了他的踪影，轉身奪命追殺而來，他咬牙切齒的等待被開膛剖腹的死亡再次到來，鋸齒這次刺穿他的胸膛，還狠狠的插入他身後的岩壁一起拖住了魚網。

他再睜開眼時，眼前竟然還是那隻心狠手辣的鰆魚，依然沒有跳出這個關卡。想起漁民在底刺網被珊瑚拖住後，都會斷網求生，結果造成大量的珊瑚礁死亡。

剛剛網子一定是被割斷了，但那隻鱭魚依然沒從中找到牠的孩子嗎？

難不成牠的寶寶已經被捕上船了？

他索性抓住上揚的魚網，很快即升出了海面，終於看到捕獲到他的漁船。

漁夫機械式的拿起電擊與魚叉準備刺向他，似乎把他當成了具攻擊性的大型魚類。

「喂！看清楚，我是人！」

但漁夫兩眼空洞得悚人，電擊棒和魚叉還是向他刺去，逼得雷克手中光劍一掃，漁夫的手和網子均應聲而斷。

再度落海前，雷克眼角餘光看到一大籠吊在起降機上曝曬的魚翅，他順手割開了籠子，數以百計的鰭如傾盆大雨，兜頭打在他身上，跟著他一起落到海裡。

誰知一下海，就被虎視眈眈等著他的長劍給穿透了腦袋，身子隨即又被大卸了八塊。不知已經死了多少次的他，以為身體面對死亡的折磨會越來越麻木習慣，最後不再感到疼痛。但卻相反，每一次被肢離的四分五裂時，痛楚卻依舊清晰無比。

這次雷克睜開眼時，破碎不全的身體，居然沒有成形！

他用左眼看到自己的手、腳、右眼臉、左胸⋯⋯分別被框在一個龜殼底部的十二格花紋中。

第七章　十二地支的輪迴

龜殼被弄得朝天，還突然旋轉了起來，雖然雷克的身體四分五裂，還是被轉得東倒西歪吃疼。

凌亂中，他看見一隻巨大的手指頭正在撥弄著他所處的龜殼，雷克想看清手指頭主人是誰卻睜不開眼！那個人身上發著強烈的光芒，但雷克卻能感受到他正笑嘻嘻的，而且玩得不亦樂乎！

龜殼倏地如陀螺極速旋轉加速，雷克頭昏目眩的痛苦大叫，從他分裂的身體上長出奇癢的疹子，隨即疹子開始冒出一顆顆猙獰的眼睛。

好癢啊！

但他卻是長了眼的肉塊，無法搔癢。

眼前的景象全變成條條光速，然後畫面漸漸變得越來越清晰，而且被切成好幾格的頻幕，每格都在播放不同的影片。

他努力定睛在那些畫面上，他正撕下馬達加斯加環尾狐猴的皮、剝著中國東南地區紅熊貓身上華麗的毛皮；砍下蒙古賽加羚羊羊角出售到中國做藥材……數不盡慘死他手下的動物，一個個來到他眼前索命。

他不想看，但不斷長出的眼睛，卻逼得他不得不看！

一個撲天蓋地的黑色羽翼驀地罩下，一雙犀利凌厲的眼睛，取代了所有殘殺的畫面，他千雙複眼下對照出千雙厲眼，厲眼頭上突然開出一朵如炸毛的花，雷克才認出眼前是地球最巨大、最兇猛的老鷹，食猿鵰！

牠展開 2 米多長翼，可怕的爪子固定他後，一舉就將強而有力的鳥喙，啄入雷克的眼窩，活活的將頭頂上的一顆眼給啄出，然後再啄第二顆，第三顆……

剜拔的痛讓雷克發出悲慘的淒叫掙扎，龜殼幸運的在食猿鵰一次用力過猛的啄食中，掉落懸崖。雷克第一次為自己感到慶幸，但懸崖宛如無邊無盡的落個不停，然後又是要命的一頓旋轉，他聽到有人沖馬桶的聲音，可怕的屎尿跟著大水瞬間朝

他湧來，胃一陣翻攪，他忍住滿腔滿嘴的惡臭，乞求上天快點結束他這條狗命。

不能死！

他虛弱的轉動眼珠子，他的老婆好不容易就要為他生小寶寶了，他不能死在這裡！他的眼睛好像又長回原來的地方。

在一片漆黑中雷克不斷被沖刷而下，砰得一聲，他臉頰狠狠的撞在紅磚地上，他摔得身子動彈不得的躺著，耳邊傳來咻得一聲，一道硝煙擦過他眼前的地面，劃出一裊白煙和濃烈的火藥味。

雷克仰頭一晾，是墨丘利的機器兵，其中一個竟手持衝鋒炮對準著他，身後炸開閃爆，他沒命的縱身一躍摔進一垃圾堆，灼熱讓他蜷曲起身子，但他漸漸覺得四肢完全無法動彈，腹部傳來被火紋身的痛楚和烤焦味！

這下他成了那隻被開腸剖腹的穿山甲，正被綁在火盆上燒烤，機器兵不見了！痛楚隨著火勢越來越烈，他這時想起還在胸口口袋裡的那隻小穿山甲寶寶，不禁擔心起牠的安危。

再這麼下去，連這隻世上僅存的穿山甲，都要跟著他這惡人一起滅亡了！

「住手！」雷克忍痛大喊：「拿走我胸口的穿山甲，把牠帶走——」

一隻宛如樹枝的怪指，伸進他的胸口，雷克欣慰的看著柔軟粉紅的穿山甲，平安被那枯指給勾出熊熊烈火中，但枯指也同時緩緩插進他的身體，在皮與肋骨間，開始挖取他的心臟。

滴著血的心，在紅得發亮的篝火下閃著奇特的光芒，小穿山甲努力的瞠開半眯的眼睛看著雷克。他終於不再感到任何的疼痛，閉上眼睛，安祥的低下頭。

第八章　亡靈之怒

電子殺手傾身拾起雷克胸口上那隻軟弱的穿山甲，準備將這稀世珍品送到主子墨丘利的手上。

咻——

電子殺手的手，猝不及防的被雷克的光劍給斬斷，再自它跨下往上將它剖成兩半。

雷克感覺到徹底的重生！

接住了落地的穿山甲，牠舉頭動動微小濕潤的長鼻子，好像在跟他說「你終於回來啦？」

確定牠沒事後，雷克再次將牠放回口袋裡，舉槍轟掉了向他步步逼近的電子兵腦袋，結果更多的電子兵聞聲而來，暗巷頓時變成槍林彈雨的戰場，它們毫不手下留情的要拿雷克的命。

「媽的，那痞子為了得到想要的動物，連替他賣命了快二十年的殺手都不放過…」雷克結舌，他完全也說不上自己和墨丘利究竟是什麼關係？

他一直以為他們至少是生意上的好伙伴。

雷克嗤笑一聲的搖頭，他或許太過於抬舉自己了，金字塔上的那些人，除了金錢和利益之外，其它在他們眼中都是狗屎。

他感到胸口的那坨溫暖在蠕動，若是今天他不交出穿山甲，恐怕是走不出墨丘利的五指山了。好想回家，回到將近快八個月沒見的妻子身邊，他要親眼目睹孩子的出生，並發誓再也不離開他們。

只要他將這軟綿綿的穿山甲，交給貪婪的墨丘利，所有的事情就會結束。反正這隻動物也只剩下這麼一隻，沒望再傳宗

接代了。牠死了或活著，對牠的種族都沒有幫助，所以又何必執著於保住牠的性命呢？

交出牠，墨丘利可能還會盡棄前嫌，再給他一筆可觀的利潤也說不定。

自私在使雷克的心在動搖，噁心的腐臭味又開始充斥著他的口鼻，恐怖的不安又在蠢蠢欲動，這好像是將再度掉進萬劫不復地獄的前兆，他可不想再輪迴一遍，光想都叫他全身發顫。

抬眼，山腰上，人們正大手牽著小手走向圓月明亮如鏡的山頂，那裡就是聞名世界的墨丘利生物博物館。人類對於已經滅絕的動物充滿好奇的趨之若鶩，花大筆的鈔票只為一睹那些做成木乃伊的屍體，然後口中發出萬般惋惜的遺憾，卻對於僅存於世、還在頑劣環境下求生存的動物，漠不關心。

動物們對他這個劊子手齜牙咧嘴、捨命也要保護後代的畫面，再次制止不住的在他腦子播放。

胸口的穿山甲寶寶忍不住好奇的探出頭看他，如豆烏黑的雙眼，在尋求母親的哺育與慰藉不可得後，因此而濕潤了起來，口中發著細微的哀鳴聲。

雷克緊緊的撫著胸口，他不能讓牠也變成博物館中的一份子，牠存在的價值，不是人類可以任意定奪的！

拳頭被他攢得筋骨分明。

為了不再讓最後一隻動物從地球上消失，變成那棟美其名要保護世界遺產，實為圖謀個人利益的展示品，他決定要炸了那充滿罪惡的該死博物館。

光劍在他掌中發出奇特炫麗的鋒芒！上面附著了數以萬計亡靈的力量，對著博物館咆哮怒吼！

時空穿梭者

文：藍色水銀

壹：梅爾卡巴

熱鬧的建國玉市，來來往往的客人，看著各式各樣的水晶、玉石，有原礦、飾品、雕刻等，但那些都無法滿足李玄天的欲望，他看上了一顆很大的水晶球。

「老闆，這個球多少錢？」李玄天指著球問。

「年輕人，這顆球是全美的白水晶球，很貴的。」老闆一副瞧不起人的口氣，似乎不想做他的生意。

「有多貴？」但李玄天並不死心，繼續問。

「七十萬。」老闆說完就轉頭忙著自己的事，完全不理他，事實上，他也買不起，接著就往別的攤位逛去。

「老闆，這是什麼？」

「靈擺，用來尋找失蹤者、失物，或者任何你想找的目標，也有人拿來占卜。」

「有用嗎？」

「找到對的人教你，你自然就會明白。」

「你知道那裡有這種老師嗎？」

「以前遇到過一個，可惜她已經死了。」

「那這又是什麼？」李玄天指著正反金字塔型重疊的水晶，好奇的問。

「梅爾卡巴，我只知道她也會用，自從她死了之後，就再也沒人可以解答梅爾卡巴了。」

「沒關係，我可以去圖書館找答案，兩個我都要了。」

「總共一千五百元。」

李玄天掏錢出來，看著一個直徑 50mm 的白水晶球。

「那個是全美的白球，可以便宜賣你。」

「多少？」

「八千，別人都賣一萬多的。」

「好，買了。」

老闆開始幫他把剛剛買的東西包起來，李玄天則拿起另外一個梅爾卡巴，仔細瞧著它的構造，轉了幾圈之後，他似乎看到了什麼？但只是一閃而過。

「老闆，可以換這一個嗎？」

「當然可以，水晶會自己找主人，你今天會來到這裡，並且在我的攤位停下來，還把它拿起來，這證明你有可能是它的主人。」

「真的嗎？」

「當然是真的，我有一個客人，很喜歡一個球，但他卻在看球的時候被人撞倒，球也破了，這表示那顆球不屬於他。」

「巧合而已吧！？」李玄天半信半疑的說。

「是真的，水晶如果不屬於你，把玩太久的話，很容易摔破，或是戴一戴就莫名其妙的裂開。」

「裂開？」李玄天一臉疑惑看著老闆。

「當然還有一個可能，水晶幫你擋住一劫，犧牲自己。」

「這麼玄？」

「寧可信其有，年輕人，水晶蘊含著強大的能量，還有記憶，回去記得要消磁，而且不要被別人碰到。」

「我會記住的，掰掰。」

「有問題隨時過來找我。」

李玄天把東西放進亮白色的包包之後，繼續找尋其他的水晶，不過怎麼看都沒有喜歡的，這時，一通電話讓他無法再逛下去，電話那頭，是一個女孩的聲音。

貳：時空錯亂

李玄天回家之後，照著老闆給他的方法，把幾樣水晶都消磁了，自己則去赴約。咖啡廳裡，李玄天跟女孩坐在角落靠窗的位置。

「去那裡了，怎麼都不理我？」女孩問。

「我去逛玉市。」

「為什麼不帶我去？」女孩生氣地問。

「菲菲，我有打電話啊！可是妳沒接嘛！」

菲菲沒給他解釋的餘地，霹靂啪啦的說了一串，李玄天最後也被激怒了，狠狠的瞪著菲菲。

「你敢瞪我，你從來不對我凶的，我要跟你分手。」

「分手就分手，沒看過這麼不講理的女人。」李玄天說完便轉身離去，留下菲菲獨自坐在那裡哭泣。

回到家，打開電腦，李玄天開始搜尋有關梅爾卡巴的資料，但資料很多很混亂，幾個小時後，他累了，於是他直接躺在床上睡了，睡夢中，他的大腦仍在運作，他把自己放進梅爾卡巴之中，並想像快速旋轉的梅爾卡巴，奇怪的事發生了，他夢見自己跟菲菲第一次見面的樣子。

『妳好，我是來應徵的。』

『請到會議室稍等。』菲菲指著一旁的門。

接著又夢到許多跟菲菲的事，例如第一次約會、第一次牽手、第一次親吻、第一次上汽車旅館，然後是今天吵架的過程，夢境是那麼的清晰，但當時他已經轉身離去，又怎會看得到菲菲在哭，哭得妝都花了。

接著，他開始夢到自己的父親、母親，但那時他還沒出生，父親年輕時的樣子跟自己好像，但身材比較壯，母親年輕時好漂亮，忽然間，一部失控的卡車撞上了轎車，才五歲的他被彈

出車外，他的父母親則是慘死在車內，這時，他驚醒了，一切就好像剛剛才發生，畫面非常清晰，完全不像夢。

確實不是夢，是他意外啟動了梅爾卡巴造成的，但他不清楚，以為是夢罷了。

滿頭大汗的他，看著電話，原來是手機響了，菲菲打來的，凌晨三點半，為什麼這個時候打來呢？

「喂！怎麼了？」

「過來餐廳載我。」

「妳還沒走？」

「你說什麼？你不是跟我約兩點半，我都吃飽了，你怎麼還不來？」

「蛤？」李玄天一頭霧水，趕緊起身穿好衣物跟鞋子。

「你沒事吧？」同樣的餐廳跟位置，菲菲問。

「沒事，妳說妳兩點半來的？」

「對啊！我剛下班，餓死了，所以沒等你就先吃了。」

「我跟妳約兩點半？」

「對啊！你忘了嗎？」

「我睡著了。」

這下李玄天真的迷惑了，他完全不知道是怎麼一回事。

參：平行時空

之後的幾個夜裡，他的大腦都會自行運作梅爾卡巴，導致出現那些奇怪又清晰的夢，但這個夢比較特別。

他一會夢到自己是個跳遠選手，輕盈地飛了起來；一會又變成畫家，三兩下就畫出一張漂亮的山水畫；接著他夢見自己變成機車賽車手，吵雜的機車聲音，但他卻非常專注在賽道上，最後衝過終點；一輛超跑上，他化身成為情報員被大批的殺手追殺。就這樣變化了六十四種身分，這些身分其實都是他平常看過的電影或短片情節，他迷戀過或痛恨過的，各占一半，例如自己變成變態殺人魔、強姦犯、流氓、騙子、小偷、負心漢等等是他痛恨的。最後，他在殺人魔的夢境中，被數百警察包圍，身中數十槍慘死，這時的他醒了，因為菲菲又打電話來了。

「可以陪我吃飯嗎？」菲菲問。

「在那裡？」

「一樣啊！」

「等我一下。」

雖然他以為是夢，但實在太清楚，而且就像剛剛才發生，中彈的地方，居然還有一點點痛，其中幾個地方居然有瘀青，但他急著去見菲菲，也就沒管那麼多了。

「你的臉色好難看。」同樣的餐廳跟位置，菲菲說。

「做惡夢而已。」

「你是不是不愛我了？這幾天你都會先睡著，是不想見我嗎？」

「不，我只是會莫名其妙進入夢境，然後在妳打電話來的時候才醒來。」

「這麼奇怪？」菲菲半信半疑說。

「對啊！已經好幾天了。」

「什麼好幾天？你已經好幾個月都是這樣了。」

「真的嗎？」

「你看一下手機上的日期，然後仔細想想。」

「今天是妳生日？」李玄天這下完全混亂了。

這晚，他又進入相同的狀況，只是更複雜了，同一個場景，正反的角色都演過一遍，經歷了一整晚，足足有五百一十二個角色，當他醒來的時候，已經是隔天中午，是菲菲來按電鈴的聲音，她站在門外已經按了好幾分鐘。

「妳怎麼來了？」他睡眼惺忪地開門。

「今天要去婦產科產檢，你忘了嗎？」

「婦產科？妳要生小孩了？」他又疑惑了。

「我們結婚一年多了，當然要生小孩啊！」

「等我一下。」

難道菲菲都不會懷疑？她確實懷疑過，但事實並非如此，五百一十二個角色只是平行時空裡的他，目前的他還是原來的自己，只不過因為在時空穿梭多次之後，他開始混亂。

「走吧！」他想去開車，但他已經沒有車了。

「要搭計程車去，你的車昨天故障，車廠建議你直接報廢，你忘了嗎？怎麼最近老是這樣？」

「好，車叫了嗎？」

「早就在外面等了。」

肆：大師降臨

當晚，他又進入夢境，但這次卻是他從未見過的人，是一個中年女人，雖然歲月在臉上留下部分的痕跡，但她看起來還是很美，深深吸引了他，隨後，兩道白光進入各自的梅爾卡巴，並快速旋轉，他們來到一處特別的地方，所有的東西都是白色的，桌子、椅子、建築物、地板都是，李玄天終於忍不住問了。

「請問妳是誰？我們在那裡？」

「我是那個已經死去的梅爾卡巴老師。」

「妳是說，妳是玉市老闆說的那個人？」李玄天滿臉疑惑看著她。

「沒錯，我經過修練，已經可以擺脫肉體，只剩下靈魂還活著，但不小心把自己鎖在你買的梅爾卡巴裡面，直到前幾天，你拿在手上旋轉了之後，我才被釋放出來。」

「既然妳是老師，又怎會被鎖住？」

「使用梅爾卡巴，必須心無旁騖，不能有貪念，否則後患無窮，我當時起了貪念，被關起來以後怨念太深，導致梅爾卡巴完全無法啟動，必須等待頻率跟我相同的人才能啟動，你就是那個人。」

「所以妳被關在裡面很久了。」

「沒錯，從我肉身死去那天開始，已經十八年。」

「這麼說，我手上的梅爾卡巴已經是很久之前的產物。」

「那是我三十歲的時候買的，到今天剛好滿五十年。」

「這麼久了？」

「不用懷疑，對了，你買靈擺跟水晶球，是不是想知道未來的事？」

「妳怎麼知道？」

「我知道你的一切。」

「為什麼？」

「因為你的頻率跟我完全相同，我可以進入你的意識裡不被你發現。」

「我不信，怎麼可能？」

「隨便想一個東西、一個人、一件事，然後我可以立即給你答案。」

「好，我在想什麼？」

「菲菲。」

「然後？」

「你想跟她結婚。」

「厲害，我可以跟她在一起到永遠嗎？」

「我無法回答，因為你現在做的每一個選擇，都會影響你以後的命運。」

「不能用靈擺或是埃及預言石看看嗎？」

「沒必要，萬一看了而你後悔，會天下大亂的。」

「這麼嚴重？」

「會改變歷史，而你可能會永遠迷失在時空旅行中。」

「對了，還沒請教妳的名字。」

「白雪。」

「是本名嗎？」

「是，我出生的時候，窗外正下著雪，這在台灣很罕見，所以我的父親就用這個名字了。」

「可以教我使用靈擺、埃及預言石、水晶球還有梅爾卡巴嗎？」

「當然可以，但還是那句話，你必須心無旁騖，不能有貪念，否則後患無窮，你做得到嗎？」

「我盡量。」

「這表示你還沒準備好，這樣吧！我先幫你開啟松果體，這樣你就隨時找得到我。」

「怎麼找？」

「你只要想到我，我自然會出現在你腦海裡。」

「好，那就開始吧！」

李玄天跟著白雪盤腿而坐，閉上眼睛，白雪進入他的意識，並指導他呼吸節奏，過了一會，他覺得腦部的後方開始腫脹，並持續脹著，直到他醒來，發現自己躺在床上，他剛出生不久的女兒正放聲大哭，菲菲正在浴室，並不知道女兒在哭。把女兒餵飽，換了尿布之後，他立即想到白雪。

「什麼事？」白雪問。

「我想試試妳說的是不是真的。」

「不用試，我跟你的頻率完全相同，如果我騙你，你馬上就會知道的。」

「這麼神奇？」

「慢慢體會吧！我還有事，先別找我。」

「要多久？」

「三天，三天後的晚上，我會入你的夢繼續教你。」

「好，再見。」白雪沒有回應，化成一陣白煙消失。

伍：穿梭時空

三天後，白雪依約入夢，開始教導時空穿梭之術。

「在開始之前，你必須答應我，不能干涉任何事，否則我們可能會無法回到現在。」

「好。」李玄天只答了一個字，之後就只有被教的份。

「跟著我深呼吸，直到一口氣可以支撐半分鐘以上。」

「啟動你的松果體。」

「拋下一切俗事，專心跟著我的動作。」

「想像自己在梅爾卡巴之內。」

「開始旋轉梅爾卡巴。」

「加速到極限。」此時梅爾卡巴的樣子有點像是白色發光的飛碟，差別在於直線的部分仍在，線的外圍有露出的光，讓它看起來有點像飛碟而已。

「跟我來。」

「要去那裡？」李玄天問。

「跟緊就是，別說話，看就對了。」

白雪帶著他，從玉市相遇那天開始回顧他的人生，直到他還在母親肚子裡，然後是父母親的婚禮、交往的狀況、他們的童年，他們在母親肚子裡的狀況，祖父母、外祖父母的狀況，一直到五百代之前，他們才停了下來。

「怎麼了？」李玄天問。

「我的能量只夠帶領你回顧五百代。」

「沒辦法往前了嗎？」

「可以，等你可以完全控制梅爾卡巴，你就能回到幾十億年前，甚至百億年前，解開宇宙的奧秘。」

「不能跟妳一起去嗎？」

「不行，萬一我們兩人想的目標不同，我們可能都會永遠留在過去，這樣你的肉身就會死掉。」

「我懂了，再來呢？」

「想知道菲菲的一切嗎？」

「當然想。」

「那就開始想她吧！我來帶領你。」

菲菲跟他認識的前一天，剛剛跟男朋友吵架，所以李玄天才有機會跟她在一起；接著是她唸大學、高中、國中、國小、幼稚園的樣子，時間停在她三歲多的時候，因為牆上掛了一張照片，居然是白雪的照片。

「別看了，等等你就會明白。」白雪說。

「好。」

兩人一路來到白雪死前的樣子，原來她是菲菲的外祖母，菲菲的母親正抱著她的身體猛搖，但無法搖醒白雪，李玄天恍然大悟看著白雪。

「明白了嗎？」白雪問。

「明白。」

「還要看嗎？」

「不必了。」

「還想知道些什麼？」

「回去吧！我感覺妳的能量正在消失。」

「沒想到你也開始感應我了。」

「彼此彼此。」

又過了三天，這次他們找到許多可以續積能量的水晶，包圍著兩個梅爾卡巴，並把房門鎖上，確保沒有人會打擾後才出發。白雪帶著他經歷許多戰爭，波斯灣戰爭、福克蘭群島戰爭、第二次世界大戰、第一次世界大戰，李玄天看不下去了，想要阻止戰爭，卻被白雪擋住。

「你忘了嗎？只能看，不能干涉。」

「可是他們好可憐。」

「我們不能改變歷史，否則我們會無法回到現代的。」

「我懂了。」

「要繼續嗎？」

「不用了，我已經知道戰爭的殘酷了，各種痛苦，心靈或是身體都是。」

李玄天回到現實後，滿頭大汗，因為他想承受那些痛苦，才一下子就被白雪阻止。

陸：改變未來

「過去不能改變，未來呢？」李玄天問白雪。

「未來還沒發生，不過同樣不能干涉，你不知道會引發什麼樣的後遺症。」

「讓世界變好呢？」

「沒有所謂好不好，凡事一體兩面，有正就有反，就跟梅爾卡巴的形狀一樣，一個是正金字塔，一個是反金字塔，還有重疊的部分，也就是灰色地帶。」

「可是，修正錯誤也不行嗎？」

「還記得你的五百一十二個分身嗎？八乘八等於六十四，六十四乘八就是五百一十二，也就是說下一階段，你會有四千零九十六個分身，這麼多平行時空，萬一出什麼差錯，很難查出問題，要扭轉更是困難，我勸你還是乖乖的，別亂來。」

雖然白雪再三叮嚀，可是李玄天打算陽奉陰違，卻不知白雪已經感應到他的想法。兩人跟上次一樣，開始旋轉梅爾卡巴，直奔十年後，李玄天看到沒化妝的菲菲，大聲教訓著他們的兒子；二十年後，菲菲已經滿臉的斑，出現在派出所內，原來是

他們的小孩闖禍；三十年後，菲菲已經變成大嬸樣，手裡抱著孫女，可是看不到自己的兒子，也看不到自己。

「為什麼沒有我？」

「不知道，可能你已經死了，也可能只是在別的地方。」

「可以從這裡往回走嗎？」

「你想找到自己在那裡？」

「嗯！」

「好，不要後悔。」

原來他的兒子，為了伸手拿錢，但李玄天卻不願意給他，被兒子毒打一頓，之後竟然入獄，後來雖然結婚，卻仍然不上進，在酒後失手打死了李玄天。

「回去吧！我不想再看下去了。」李玄天失望的回到現實，非常懊惱。

「我勸你不要想改變未來，後果很難預料的。」白雪說完便消失無蹤。

　　李玄天看著剛出生不久的兒子，又看看兩歲的女兒，心中無限感慨，自己竟然會被兒子打死，到底是那裡錯了。他背著白雪，自己啟動梅爾卡巴，反覆看了自己跟兒女的未來，試圖改變這一切。

　　李玄天回到自己教導小孩的時間，企圖改變自己的錯誤，但他每介入一次，就產生一次平行時空，不過他不曉得，等他發現的時候，已經是幾十個錯誤了。

　　「鬧夠了嗎？」白雪突然出現。

　　「為什麼會這樣？」

　　「我已經警告過你了。」

　　「難道沒辦法逆轉嗎？」

　　「你這麼在意自己的肉體？」

　　「我只是不希望兒子被槍斃。」

　　「早就要你別看了，現在四十七個平行時空的你都是被打死，還有四個是你還手，菲菲插手，結果是菲菲死了。」

　　「不能有完美結局嗎？」

「你可以回到你們分手那天啊！這樣你們就不會結婚，當然也就不會生下小孩。」

「原來，我會跟菲菲結婚是因為妳。」

「你錯了，是你自己改變的。」

「我不信。」李玄天已經情緒失控。

「我帶你去看好了。」

李玄天在菲菲提分手那天，改變主意，帶她去逛建國玉市，並照原計劃買了梅爾卡巴，只是因為他改了幾次，創造了另外三種平行時空，而他自己忘了。

柒：逆轉過錯

經過白雪耐心的勸說，李玄天終於接受了不改變未來的念頭，白雪讓他回到兩人初見的時空，但這也表示李玄天必須重新學習一切。

「準備好了嗎？」白雪問。

「好了。」

「出發吧！」

忽然間，李玄天忘記了現有的記憶，他的記憶停在他跟菲菲吵架之後，接著他就睡著了，後來的夢境是相同的，白雪確認了時空之後，才讓後來的事繼續發生。

睡夢中，李玄天已經回到跟白雪首度接觸的那天。

「請問妳是誰？我們在那裡？」

「我是那個已經死去的梅爾卡巴老師。」

「妳是說，妳是玉市老闆說的那個人？」李玄天滿臉疑惑看著她。

之後的對白完全相同，但發展略為不同，白雪將教導的速度放慢，並將內容修改。

「在教你之前，我必須告訴你一件事，你絕對不能再犯，否則後果會無法收拾。」

「再犯？」

「是的，之前我已經教過你，但你不遵守規則，破壞了時空連續，創造了無數個平行時空，所以我只好回到現在，逆轉你造成的損害。」

「創造了無數個平行時空？」

「你根本不知道這件事的後果有多可怕，所以一錯再錯，如果這次還是再犯，我只好把佔據你的身體，把你的靈魂鎖在梅爾卡巴之內，直到時機成熟，到時已經數百年後，你的肉身早已死亡。」

「我為什麼要相信妳？」

「你跟菲菲吵架並且分手了，因為你沒帶她去玉市而已，但是，你想跟她在一起，對嗎？」

「妳還知道我的什麼？」

「有關於你的一切我都知道，因為你跟我的頻率是完全相同，你在想什麼我也會知道！」

「我到底闖了什麼禍？」

「創造了無數個平行時空之後，部分時空重疊，許多人記憶錯亂，許多災難因為你的過錯而造成，最糟糕的是世界末日，你引發了第三次世界大戰，數百發核彈齊發，殺死了幾億人，之後的幅射塵及相關後遺症又害死了十幾億人，野心家趁火打劫，又死了幾億人，為了跟野心家集團打仗又死了幾億人，從

此人類科技回到石器時代，饑荒又死了十幾億人，都是因為你，企圖改變未來，企圖改變自己的命運，引發無法收拾的後果。」

「妳怎麼知道這一切是真的？」

「就知道你不會相信，跟我來吧！」

「走就走。」

兩道白光衝向未來，直接到達月球表面，他們兩人在月球上看著處處燃燒的地球，李玄天不敢置信，人類竟然被自己的私慾給毀了。

「相信了嗎？」

「相信了。」

「還想改變未來嗎？」

「不想了。」

李玄天醒來的時候，想起白雪的告誡，到花市買了一把玫瑰花，想跟菲菲道歉，菲菲也接受了。

捌：虛心學習 - 名師出高徒

白雪花了很多功夫讓李玄天知道自己的能耐，終於正式收他為徒。

「在正式收你為徒之前，我還是那句話，只能旁觀，不能改變，否則後患無窮，你能辦到嗎？。」

「可以。」李玄天斬釘截鐵地說。

「好，那就發重誓吧！例如天打雷劈之類的。」

「我，李玄天，在此立下重誓，如有違背師父教誨，企圖改變過去或未來的話，必當即時遭受五雷轟頂之刑，以維護時空連續的秩序。」李玄天跪在白雪面前立誓。

「好，我們開始上課，今天先學深呼吸。」

李玄天跟著白雪的節奏呼吸，深深的吸氣，緩緩吐氣，越吸越久，直到一口氣超過二十秒，並持續了數小時之久。

「覺得精神如何？」

「很好。」

「我現在幫你啟動松果體，腦部會有腫脹的感覺，這不是頭痛，如果沒反應的話，就繼續練深呼吸。」

李玄天盤腿坐下並閉上雙眼，白雪化成一道白光進入他的腦部，松果體有些部分鈣化了，但很快的就被激活，而且開始運作。

「從現在開始，我想什麼？你就會立即知道，你就跟著做，不需要等我說出口。」

一個靈擺的樣子出現在他的腦海中，並開始運作，沒多久，一顆埃及預言石也出現在他的腦海中，然後是閃靈鑽。

「注意，閃靈鑽會放大水晶的能量，最高可達百倍，你的松果體可能會有爆炸的感覺，稍微壓制它，這樣就可以獲得閃靈鑽最大的益處，不可以放任它無限擴大，否則肉體會支撐不住，你會暈過去，那就白廢工，又要重來了。」

「好。」

果然，靈擺跟預言石的功效立即出現，無數畫面閃過李玄天的腦海。

「很好，再來是利用水晶球，控制你想要看到的時空，冥想你想去的時空，用梅爾卡巴載著你。」

他很快的將白雪、菲菲的過去跑一遍，並試著直奔白堊紀，企圖了解恐龍滅絕的真正原因。一個小行星伴隨的著數百個碎片，以及無數個小碎片，在經過太陽系外圍時，被天王星的引力影響，轉變了運行的軌道，接著又被土星的引力吸引，之後直接衝向墨西哥南方，一道藍光高速經過大氣層，巨大的衝擊，小行星裂開，一個散落在休士頓周邊的土地中，一個往東擊中佛羅里達，接著美洲大陸開始起火，海嘯席捲全世界。李玄天被腦海中的畫面嚇到，退回現實。

「不錯，已經可以控制到任何想去的時空，休息一會吧！」

「我還可以的。」

「不，你的能量全失，好好睡一覺，我現在要去辦點事。」白雪說完便離開，沒有交待什麼。

李玄天愣了一下，心想，師父不是已經沒有肉身，還要辦什麼事呢？

「暫時不要想到我，不然我會被你召喚過來，事情會辦不好。」白雪化成的白光立即出現他眼前。

「知道了，師父，可是不能想，那怎麼辦呢？」

「我先幫你關掉松果體，三天後再見。」

「這麼奇怪？到底有什麼事不能帶著我呢？」白雪離開後，李玄天自言自語說。

玖：如夢似幻

接下來，師徒兩人快速的看過了各個主要的古文明，中國、印度、埃及、巴比倫、印加、阿茲提克、古羅馬、波斯、古希臘、馬雅、美索不達米亞，還有最神祕的亞特蘭提斯，巨大的磁歐石，其實是一根巨大無比的完美天然白水晶，高度達百公尺，因為一顆隕石正好擊中，磁歐石被粉碎，整個城市恰巧建立在地殼較薄的地帶，隕石炸開後，地底的岩漿大量噴出，引發大地震，整個城市陷落海中。

「怎麼會這樣？」李玄天問。

「你把時間倒轉到隕石進入大氣層之前，用慢動作仔細的看清楚了。」

「是人造的飛行器？」

「沒錯，故障的外星飛行器，來自於遙遠的仙女座星系，這個四十三億年後，會跟銀河系相撞並合併的星系。」

「相撞？那人類文明呢？」

「你真的想看？」

「當然想了。」

於是白雪讓他看了人類離開地球的樣子。

「怎麼會這樣？」

「這是必然的，帶著肉體，絕不可能成功的。」

「可是，沒有肉體如何存在那麼久？」

「要靠你我的努力啊！」

「什麼？妳再說一次。」李玄天驚訝地問。

「你聽到了。」

「師父的意思是：我們兩個是人類未來的希望嗎？」

「錯，是唯一的機會，有肉體就會有欲望、紛爭、戰爭，人類最後將永遠消失，除非進入沒有肉體的境界，人類才能專注於永恆。」

「永恆？為什麼？」李玄天一頭霧水。

「太陽系終究會消失的，早在人類科技進步到可以離開太陽系之前，人類就已經把地球上所有的資源消耗完，然後只能無助的等待滅絕的那一刻。」

「這麼糟？」

「對，就這麼糟！」

「有補救的辦法嗎？」

「有啊！用梅爾卡巴，人類可以瞬間移動到任何時空。」

「可是，畢竟不是實體。」

「有差別嗎？肉身會死亡，然後呢？重新學習，又死，再重新學習，永無止境的循環下去嗎？我不認為這個方法可行，你覺得呢？」

「好像是這樣？」

「就是這樣，不要懷疑。」白雪斬釘截鐵的告訴他，因為她已經往返未來很多次，確認了這個結果，所以才要開始教徒弟，因為總有一天要用到。

連續幾個月的訓練，李玄天開始迷惑了，他漸漸分不清現實跟虛幻，因為記憶有些混亂了，他看了太多次自己跟菲菲的過去跟未來，這種混亂，讓他對現實產生了很大的迷惑，到底為什麼會吵架？明明不必吵的也吵了，明明兩個人彼此相愛，卻一直傷害彼此，反覆的觀看卻始終找不到原因，到最後，他乾脆放棄了，他決定順其自然，不想再知道，而生活的其他部分也是，那些不合理卻發生的事，他也不再關心，現在的他，只想跟隨白雪的腳步，永恆才是他的目標了。

拾：留在過去

「師父，是不是停在過去學習，時間就會停止不動，每次可以停留一周以上？」

「以你現在的狀況，差不多可以停三至四天，然後休息幾天才能再度留在過去。」

「要怎麼延長時間？」

「禁食、禁欲、完全放空。」

「好像有難度。」

「禁食簡單，你的欲望太多，恐怕有困難，要你放空恐怕也不容易。」

「要怎麼達到這種境界呢？」

「先看透你的人生，學會放下，了無牽掛。」

「果然不容易。」

「你還太年輕，等你四十五歲就會明白。」

「那還要十幾年呢！」

「是三百多年，你每次回到過去，停留的時間也要算進去。」

「這麼久？」

「你不是想追求永恆？」

「師父，那妳呢？在時空中穿梭多久了？」

「幾百萬年而已，該知道的還很多。」

「這麼久了？」

「怕了嗎？」

「不是，只是很驚訝！」

「好，那就等我四十五歲！在那之前，盡量學吧！」

「很好，我果然沒看錯人。」

「什麼意思？」

「等時機成熟，你自然會明白。」

「現在要去那裡？」

「捷克，一千五百四十萬年前，一顆隕石撞上了捷克。」

「為什麼要去？」

「我懷疑這是外星生物故意試探地球的。」

「那走吧！」

　　捷克莫達維河，風和日麗，兩人正在大氣層上方等待，果然是外星飛行器拖著一個隕石，接著隕石直衝河邊，炸出了一個大洞，但隨著時間過去，大洞逐漸消失，回復成河床的樣子，外星飛行器並未停留，直接飛向未知的黑暗之中。

「要追嗎？」

「不用，下次吧！先去看看被撞之前，地面上有什麼？」

「你是說，地面可能有某種目標被鎖定了。」

「沒錯，既可以消滅目標，又可以躲過追查。」

「好像有道理？」李玄天也覺得是這樣。

果然，地面上有外星生物的存在，還有一部淺綠色的飛行器，直徑約五百公尺，隕石完全命中目標，飛行器被炸成數百萬個碎片，也就是日後被發現的捷克隕石。

「你看。」白雪指著其中一顆碎片，上面有附著黑色的燒焦物。

「這是什麼？」

「黑色是外星生物的屍體，它們還有很強的能量，可惜已經完全分散，無法復活，只留下能量。」

「這麼說，地球上還有外星生物？」

「亞特蘭提斯就是，他們是被精準的外星飛行器完全命中而滅亡的，捷克這裡的應該是同一族。」

「如何判斷？」

「你腦海裡的影像就是亞特蘭提斯的居民，你比對一下就知道了。」

「相似度確實很高。」

「總之，要把所有的隕石攻擊搞清楚，是自然形成或是外星生物的攻擊。」

「要花多久？」

「幾千萬年吧！」

「這麼久？」

「這點時間跟永恆比起來根本微不足道。」

「說的也是。」

「現在知道梅爾卡巴的厲害了吧？」

「知道了，簡直是神器。」

「時間到了，先回現實吧！」

「什麼時候再見？」

「一周後的晚上。」

「這次比較久。」

「因為你已經停在過去一年多了。」

師徒兩人就這樣一路追蹤，但外星生物的去向實在詭異，穿越蟲洞之前就已消失，到底是為什麼呢？而人類能擺脫滅絕嗎？沒人知道答案，只有白雪到過那個時空。

國家圖書館出版品預行編目資料

是英雄？還是流氓？／老溫、六色羽、藍色水銀　合著.—初版.—
臺中市：天空數位圖書　2021.01
面：公分
ISBN：978-986-5575-10-6（平裝）

863.57   109021759

書　　　　名：是英雄？還是流氓？
發　行　人：蔡秀美
出　版　者：天空數位圖書有限公司
作　　　者：老溫、六色羽、藍色水銀
編　　　審：璞臻有限公司
製　作　公　司：牛點有限公司
版　面　編　輯：採編組
美　工　設　計：設計組
出　版　日　期：2021 年 01 月（初版）
銀　行　名　稱：合作金庫銀行南台中分行
銀　行　帳　戶：天空數位圖書有限公司
銀　行　帳　號：006-1070717811498
郵　政　帳　戶：天空數位圖書有限公司
劃　撥　帳　號：22670142
定　　　價：新台幣 240 元整
電子書發明專利第　Ｉ　306564　號

※　如有缺頁、破損等請寄回更換

紙本書編輯印刷：
電子書編輯製作：
天空數位圖書公司　E-mail：familysky@familysky.com.tw　http://www.familysky.com.tw/
地址：40255台中市南區忠明南路787號30F國王大樓　Tel：04-22623893　Fax：04-22623863